ACTEURS.

LE SEIGNEUR.

LE BAILLI.

LUBIN.

ANNETTE.

Un Domestique du Château.

Autres Domestiques.

ANNETTE ET LUBIN,
COMÉDIE.

Le Théâtre repréſente une Campagne ; on voit un Bois d'un côté, & de l'autre un coteau. Sur le devant du Théâtre il y a une cabane de verdure à moitié faite.

SCENE PREMIERE.

LE BAILLI, LE SEIGNEUR.

[*On entend un bruit de Cor de Chaſſe.*]

Ariette dialoguée.

LE SEIGNEUR.

Ailli.

LE BAILLI.

Monſeigneur, Monſeigneur.

LE SEIGNEUR.

N'avez-vous pas vû mon Piqueur ?
Avez-vous vû le cerf ? Mes chiens ont pris le change.

LE BAILLI.

Ah ! Monseigneur , c'est une chose étrange.
Il faut le décreter & le mettre en prison.

LE SEIGNEUR.

Un cerf ! Perdez-vous la raison ?

LE BAILLI.

C'est un rapt....

LE SEIGNEUR.

J'entends vers le bois....

LE BAILLI.

Vous êtes Seigneur du village ,
Vous devez maintenir les loix.

LE SEIGNEUR.

Finissez votre verbiage.

LE BAILLI.

Lubin....

LE SEIGNEUR.

Le cerf?...

LE BAILLI.

Annette....

LE SEIGNEUR.

Mon Piqueur?...

LE BAILLI.

Monseigneur , Monseigneur ,

LE SEIGNEUR.

Finissez votre verbiage.

De ce côté j'entends le Cor.

LE BAILLI.

Monseigneur, demeurez encor.

ENSEMBLE.

Le Seigneur. ⎰ J'entends le Cor.
Le Bailli. ⎱ Restez encor.

LE BAILLI.

Oui, Monseigneur ; l'affaire est criminelle.

Annette est fille, & Lubin est garçon ;
Ils s'aiment tous les deux.

LE SEIGNEUR.

     La chose est naturelle.

LE BAILLI.

Quoi ! s'aimer sans permission !

LE SEIGNEUR.

En faut-il pour s'aimer ?

LE BAILLI.

     Mais Annette est si belle !

LE SEIGNEUR.

Oui-dà ! je ne la connois pas.

LE BAILLI.

Ah ! Monseigneur, qu'elle a d'appas !
Air. *Quand la Bergere vient des Champs.*
Noté N°. 1.

Annette, à l'âge de quinze ans,
Est une image du printems ;
C'est l'aurore d'un beau matin,
Qui ne veut naître,

Et ne paroître
Que pour Lubin.

Son teint bruni par le soleil,
Eſt plus piquant, eſt plus vermeil.
Blancheur de lys eſt ſur ſon ſein ;
Mouchoir le couvre,
Et ne s'entr'ouvre
Que pour Lubin.

Sa bouche appelle le baiſer ;
Son regard dit qu'on peut oſer :
Mais tout autre oſeroit en vain ;
C'eſt une roſe
Qui n'eſt écloſe
Que pour Lubin.

Ses yeux qui ſçavent tout charmer,
Semblent nous dire de l'aimer ;
Mais un amant voudroit en vain
Se faire entendre :
Elle n'eſt rendre
Que pour Lubin.

LE SEIGNEUR.

Quel eſt donc ce Lubin pour être ſi chéri ?

LE BAILLI.

C'eſt un drôle vraiment bien taillé, bien nourri.

Air noté. N°. 2.

Lubin est d’une figure
Qui met tout le monde en train.
Sa gaité naïve & pure
Annonce un cœur sans chagrin.

C’est l’instinct de la nature,
C’est le regard du desir ;
Du bonheur c’est la peinture,
C’est le rire du plaisir.
Il ne s’inquiette
De rien,
Et le cœur d’Annette
Est tout son bien.

Lubin est d’une figure
Qui met tout le monde en train ;
Sa gaité naïve & pure
Annonce un cœur sans chagrin.

On ne les voit jamais dans le villag
C’est tous les jours fête pour eux.
Ils vivent pour eux seuls.

LE SEIGNEUR.

Ils en sont plus heureux.
Le grand monde est l’écueil du sage.

Air noté. N°. 3.

Ce n’est que dans la retraite
Qu’on jouit des vrais plaisirs ;

Sans regrets & fans defirs,
L'ame eft libre & fatisfaite :
Heureux , heureux dont le cœur
Trouve en foi tout fon bonheur !

La vertu douce & tranquille
Fuit le fafte & la grandeur :
L'innocence & la candeur
N'habitent que cet afyle,
Heureux , heureux dont le cœur
Trouve en foi tout fon bonheur !

LE BAILLI.

Excufez-vous Lubin ?

LE SEIGNEUR.

Non, ce feroit dommage
Qu'Annette fût le prix d'un amour villageois.

LE BAILLI.

Voilà Lubin qui fort du bois,
Parlez-lui.

LE SEIGNEUR.

Je ne puis m'arrêter davantage ;
Conduifez-moi par ce fentier,
Vous reviendrez après les épier.

SCENE II.

LUBIN *arrive, portant sur sa tête un faisceau de feuillage.*

ARIETTE : *La Jardiniere Italienne* (1).

POUR mon Annette
Formons une maisonnette ;
Pour mon Annette
La peine ne coûte rien ,
Non , non , rien , rien :
Annette m'en paîra bien. ;
Fort bien , fort bien.
Je ne veux pour salaire
Que lui plaire ,
Tout le reste ne m'est rien ;
Non , rien.
Ces rameaux épais ,
Serrés de près ,
Nous donneront du frais.
Cet asyle heureux ,
Fait pour nous deux ,

______

(1) Pendant cette Ariette , Lubin taille des branches d'arbres , & arrange la cabane.

Suffit à tous nos vœux.

Ici tous les deux
Nous ferons heureux.
Avec Annette,
En ces lieux je me plais.
Ma maifonnette
Eft un petit palais.
Avec Annette,
J'y trouverai toujours
Les jours trop courts,
Pour elle que je prenne
Quelque peine,
Je m'en trouve toujours bien,
Très-bien.
Avançons l'ouvrage.
Bon, courage,
Ne négligeons rien ;
L'on m'en paîra bien.

Étendons pour tapis cette natte de jonc ;
N'oublions pas les moindres chofes.
Sur ce petit banc de gazon,
Près de Lubin, Annette, il faut que tu repofes.
Un fi joli réduit feroit envie au Roi ;
Mais il y faut être avec toi.

ARIETTE.

Ma chere Annette
N'arrive pas :   (*bis.*)
Tout m'inquiette.

Hâte tes pas,

Viens dans mes bras.

Le temps s'avance,

Je suis en tranfe ;

Le temps s'avance.

Hâte-toi,

Je t'attends :

Je la voi,

Je l'entends.

Non, non, non, je l'envifage :

Quoique abfente

J'ai fon image

Toujours préfente :

Ah ! que l'attente

Me fait fouffrir !

Pour me diftraire, achevons mon ouvrage.

Tu tardes trop, je n'ai plus de courage.

Ah ! ah ! ah ! que l'attente

M'impatiente,

Me tourmente !

Annette abfente

Me fait mourir,

Me fait mourir,

Me fait mourir,

Me fait mourir.

Arrêtons...

Écoutons...

Oui, j'entends... accourir...

C'eft le bruit du Zéphyr,

Des rameaux,
Des ruiſſeaux.
Ma chere Annette
N'arrive pas : (3 *fois.*)
Tout m'inquiette,
Tout m'inquiette.
Hélas !
Tout m'inquiette.
L'heure s'avance,
Je ſuis en tranſe ;
L'heure s'avance.
Ah ! ah ! ah ! ah ! Lubin,
Quel chagrin !
Écoutons : c'eſt en vain.
Ah ! ah ! que l'attente
M'impatiente !
Ah ! que l'attente
Me fait ſouffrir !
De ce coteau, regardons dans la plaine :
Je ne vois rien, tout redouble ma peine.
Ma chere Annette,
Toi ſi jeunette,
Tu vas ſeulette !
Si par malheur on t'attend, on te guette !...
Ah ! ma chere Annette !
Ah ! que l'attente
M'impatiente,
Et me tourmente !
Ah ! que l'attente

Me fait souffrir !
Annette abfente
Me fait mourir,
Me fait mourir.

Mais il n'est pas si tard que je le pense.
Je mesure le temps à mon impatience,
Plus qu'à la hauteur du soleil ;
Sans doute Annette éprouve un sentiment pareil.

SCENE III.

ANNETTE, LUBIN.

ANNETTE, *dans l'enfoncement du Théâtre.*

AIR NOTÉ. Nº. 4.

C'EST la fille à Simonette,
Qui porte un panier d'œufs frais....
LUBIN.
Pour le coup la voilà, je n'ai plus de souci.
ANNETTE *chante.*

Elle voit une fauvette,
Elle veut courir après. ...
LUBIN, *continuant de travailler, récite.*

Allons, allons, Lubin, dépêche.

ANNETTE *continue.*

Le pied glisse à la pauvrette,

Tout d'son long la v'là fur l'pré....

LUBIN *recule.*

Puifons un peu de cette eau fraîche.

ANNETTE.

Qu'aller dire à Simonette ?
Elle avoit caffé fes œufs.

LUBIN.

Le bouquet que j'ai fait, où donc ? ... Ah ! le voici.

ANNETTE.

Second Couplet.

Si bien que la mere Jeanne,
Qui trouvoit l'prunier trop haut,
Grimpit d'bout deffus fon âne,
Et fur l'arbre n'fit qu'un faut :
V'là-t-il pas qu'la branche caffe !
L'âne a peur, adieu, bon foir.
Jeanne tombe avec la branche.
Dam', pourquoi fe laiffer cheoir ?

Troifième Couplet.

La petite Guillemette
Au marché portoit fes œufs,
Sur fon gain elle projette
D'avoir une vache ou deux.
Une vigne elle s'achette
Avec le produit du lait ;
Enfuite une maifonnette :
Un projet eft bien-tôt fait.

Quatrième Couplet.

La voilà déjà fermiere,

Son bien elle fait valoir :
La voilà qui devient fiere,
Du fort qu’elle doit avoir ;
Elle faute d’allegreffe ;
Mais un caillou la fait cheoir.
Œufs caffés, adieu richeffe :
Ne comptons point fur l’efpoir.

Me voilà, je fuis hors d’haleine.
L U B I N.
Tu m’as caufé bien de la peine.
A N N E T T E.
J’ai tant couru, vois donc comme le cœur me
bat.
L U B I N.
Te voilà dans un bel état !
Morguenne auffi, pourquoi venir fi vîte ?
A N N E T T E.
Je vais plus doucement, Lubin, quand je te quit-
te.
L U B I N.
Laiffe-moi te gronder, tais-toi.
A N N E T T E.
Gronde, fi tu le peux.
L U B I N, *lui effuyant le vifage.*
Ah ! la pauvre petite !
Ah ! comme elle a chaud !
A N N E T T E.
Eh ! bien ?

LUBIN.

Quoi ?

ANNETTE, *souriant.*

Gronde donc.

LUBIN, *l'embraffant.*

Voilà pour t'apprendre
A venir te moquer de moi.

ANNETTE.

Je ferois fille à te le rendre.

LUBIN.

Tu n'iras plus fi vîte ?

ANNETTE.

Non ;
Je te demande bien pardon
De n'être pas plutôt venue.

LUBIN.

Bon ! te voilà bien corrigée !

ANNETTE, *regardant la cabane.*

Eh ! mais....
Mais quel objet frappe ma vûe !

LUBIN.

Pour toi cette cabane eft faite tout exprès.
Du côté du midi, vois comme elle eft garnie ;
C'eft pour te garantir ou du foleil trop fort,
Oû des injures de la pluie ;
Et ces jours ménagés exprès vers la prairie,
Nous donnent la fraîcheur du Nord.

ANNETTE.

ANNETTE.

Air : *Vous y perdez vos pas.*

Pour orner ma retraite,
Tes soins n'épargnent rien;
Avec toi ton Annette
Se trouve toujours bien.
La chaleur, la froidure,
Tout ça n'est rien pour moi;
Le seul mal que j'endure,
C'est d'être loin de toi.

LUBIN.

Rien n'annonce ici la grandeur;
Mais j'y retrouve Annette, Annette & le bonheur.

ANNETTE.

Air : *Votre toutou vous flatte.*

Rien ne nous est contraire.

LUBIN.

Nous sommes satisfaits.

ANNETTE.

De la Nature entiere
Nous goûtons les bienfaits.

LUBIN.

Ma chere !

ENSEMBLE.

La lumiere & l'air sont à nous;
Nos cœurs sont purs, nos jours sont doux.

ANNETTE.

Toutes ces maisons magnifiques

Qu'à la ville on trouve par-tout,
Ne valent pas nos toîts ruſtiques.

Ces feuillages nouveaux ſont bien plus de mon
goût,
Que ces planchers pleins de dorure,
Où l'on ne voit le bonheur qu'en peinture.

LUBIN.

Les Grands ne ſont heureux qu'en nous contrefai-
ſant;
Chez eux, la plus riche tenture
Ne leur paroît un ſpectacle amuſant
Qu'autant qu'elle rend bien nos champs, notre
verdure,
Nos danſes ſous l'ormeau, nos travaux, nos loiſirs.
Ils appellent cela, je crois, un payſage.

ANNETTE.

Ah! Lubin, nous devons bien aimer nos plaiſirs,
Puiſqu'il faut tant d'argent pour en avoir l'image.

LUBIN.

Pauvres gens! leur grandeur ne doit pas nous
tenter.
Ils peignent nos plaiſis, au lieu de les goûter.

AIR: *Des fleurettes.*
Ces lits, où la molleſſe
S'unit avec les maux,
Nourriſſent la pareſſe,
Sans donner le repos.
Sur nos gazons l'on ſommeille

Tranquillement & d'abord.
Comme on y dort !

ANNETTE.

Comme on y veille !

Eh ! que ne viennent-ils comme nous, deux à
    deux,
Habiter ici des cabanes,
Courir, sauter, danser, prendre part à nos jeux ?

LUBIN.

Bon ! ils marchent comme des canes.

ANNETTE.

Ils sont bien à plaindre ; pour moi
Je suis légere & j'en profite.
Lubin, j'aime à courir bien vîte,
Sur-tout quand je cours après toi.

LUBIN.

Oh ! nous courrons tantôt : la chaleur nous in-
    vite
A prendre ici le frais : faisons notre repas.
Annette, tu n'attendras pas ;
Cette eau pure, ce lait vont faire nos délices ;
Des fruits nouveaux de la saison
Je t'ai réservé les prémices.
A propos j'oubliois....

ANNETTE.

Quoi donc ?
(*Lubin lui donnant une branche de roses.*)

AIR NOTÉ. N°. 5.

Chere Annette, reçois l'hommage,
Que, chaque jour, te rend mon cœur.
Ce bouquet est la douce image
De ton éclat, de ta fraîcheur :
Pour donner encor plus de grace
Aux fleurs dont pour toi j'ai fait choix,
Contre ton sein que je les place ;
Ces deux roses en feront trois.

ANNETTE.

Ah ! Lubin, je te remercie ;
Avec ce bouquet-là je me croirai jolie.

LUBIN.

Repose-toi sur ce banc de gazon ;
Notre dîner est simple & sans façon.
Quand c'est l'amitié qui l'apprête,
Chaque repas est un festin.

ANNETTE.

Tout ce qu'on peut servir dans un grand jour de
fête
Ne vaut pas un morceau de pain
Que je mange avec toi, Lubin.

(*On entend un ramage d'oiseaux.*)

LUBIN.

A ta santé.

ANNETTE.

Quand je bois à la tienne ,
Lubin, c'est toujours à la mienne.

LUBIN.

Ne bois pas tout, que je boive après toi ;
Changeons de taſſe.

ANNETTE.

Allons, tiens, boi.

(Le ramage d'oiſeaux recommence.)

Entends-tu les oiſeaux, Annette ? leur ramage,
Pendant nôtre dîner, ſemble ſe rapprocher.

ANNETTE.

Nous ne ſommes pas faits pour les effaroucher ;
Nous nous aimons, nous parlons leur langage.

LUBIN.

Mais ta voix cependant me flatte davantage.

ANNETTE.

Si tu le veux, je vais chanter.

LUBIN.

Oui, je ſuis prêt à t'écouter.

ANNETTE.

AIR NOTÉ. Nº. 6.

Il étoit une fille,
Une fille d'honneur,
Qui plaiſoit fort à ſon Seigneur,
En ſon chemin rencontre
Ce Seigneur déloyal,
Monté ſur ſon cheval.

Mettant le pied à terre,
Entre ſes bras la prend :
Embraſſe-moi, ma belle enfant.

B iij

Hélas! ce lui dit-elle,
Le cœur tranfi de peur,
Volontiers, Monfeigneur.

Raffure-toi, brunette,
Et donne-moi ton cœur;
Car je veux faire ton bonheur.
Tiens, tiens, prends cette bague
Et ma montre d'or fin,
Et de l'argent tout plein.

Mon frere eft dans fes vignes
Vraiment, s'il voyoit ça,
Il l'iroit dire à mon papa.
Montez fur cette roche,
Jettez les yeux là-bas.
Ne le voyez vous pas?

Tandis qu'il y regarde,
La finette auffi-tôt
Sur le cheval ne fait qu'un faut.
Adieu, mon gentizhomme;
Et zefte, elle s'en va;
Monfeigneur refte-là.

Cela vous apprend comme
On attrape un méchant:
Quand on le veut, on fe défend;
Mais on ne voit plus guères
De ces filles d'honneur
Refufer un Seigneur.

LUBIN.

La drôle de chanson !

ANNETTE.

Lubin, chante à ton tour ;
J'aurai plus de plaisir.

LUBIN.

Tiens, tiens ; je vais t'apprendre
La chanson qu'au Château l'on me dit l'autre jour.

SCENE IV.

LUBIN, ANNETTE, LE BAILLI.

LE BAILLI.

ILs sont là ; doucement : approchons pour entendre.

ANNETTE.

Ah ! c'est l'air qu'on chante au Château ?
Oh ! cela doit être bien beau.
(*Pendant cette Arriette le Bailli écarte doucement
les branches, & passe sa tête à travers.*)

LUBIN.

Du Dieu des cœurs
On adore l'empire ;
Lui seul avec des fleurs
Enchaîne tout ce qui respire.

ANNETTE.

Tiens, ta belle chanſon m'ennuie.
Que veut dire, le Dieu des cœurs ?
Et des chaînes avec des fleurs ?
Chante-m'en une plus jolie.
Mon cher ami Lubin....

LE BAILLI.

Mon cher ami Lubin !
Ah ! qu'il eſt heureux, le coquin !

ANNETTE.

Ces chanſons du Château ne valent pas les nôtres.

LUBIN.

Bon ! à la ville on en chante bien d'autres ;
On y parle de pleurs, de craintes, de tourmens ;
C'eſt de l'amour, des rivaux, des amans,
Des ſoupirs, des ſoupçons, des plaintes,
Des flammes, des ardeurs éteintes.

ANNETTE.

Ne m'aime pas comme à la ville.

LUBIN.

Oh ! non,
Notre amitié vaut mieux.

LE BAILLI, *à part.*

Ah ! comme ils ſe regardent !

ANNETTE.

Mais où ſont nos troupeaux ?

LUBIN.

Là-bas dans ce vallon,

ANNETTE.

Je crains....

LUBIN.

Va, va, nos chiens les gardent.
J'y vais voir, j'y vais voir.

ANNETTE.

Sans moi !

LUBIN.

Tu te fatiguerois ; reste, repose-toi.

SCENE V.

ANNETTE, LE BAILLI.

ANNETTE, *sans voir le Bailli.*

AIR NOTÉ. N°. 7. *On craint un engagement.*

LUBIN, pour me prévenir,
    Lit dans ma pensée,
Et de même à le servir
    Je suis empressée :
Son intérêt m'est commun :
    Mon bien est le nôtre ;
Et l'ouvrage que fait l'un,
    Est toujours pour l'autre.

Avec lui que je suis heureuse !
Aussi l'aimé-je bien.

LE BAILLI, *les poings sur le côté, & secouant*
la tête.

N'êtes-vous pas honteuse ?

ANNETTE.

Ah ! vous m'avez fait peur.

LE BAILLI.

Sont-ce-là les leçons
Que vous donnoit votre défunte mere ?
La pauvre femme, hélas !

ANNETTE.

D'où vient votre colere ?

LE BAILLI.

Vous a-t-elle ordonné d'écouter les garçons ?

ANNETTE.

Oh ! jamais cela ne m'arrive.

LE BAILLI.

Ne le croiroit-on pas à sa mine naïve ?
Et Lubin, s'il vous plaît, Lubin ?

ANNETTE.

Ce n'est pas un garçon.

LE BAILLI.

Quoi donc ?

ANNETTE.

C'est mon cousin.

LE BAILLI.

Votre cousin !

ANNETTE.

Cousin, vous dis-je.
Comment donc ! Cela vous afflige !

Vous avez tort ; mais, Monsieur le Bailli,
Que n'avez-vous une cousine aussi ?

LE BAILLI.

Vous ne le quittez pas.

ANNETTE.

Ah ! vraiment je n'ai garde ;
Je m'ennuirois sans lui.

LE BAILLI.

Fort bien !

Son entretien vous plaît ?

ANNETTE.

Souvent il me regarde,
Et semble me parler, quand même il ne dit rien.

LE BAILLI.

AIR : *Une faveur, Lisette.*
Il vous dit qu'il vous aime.

ANNETTE.

Oui, Monsieur le Bailli.

LE BAILLI.

Vous lui dites de même.

ANNETTE.

Oui, Monsieur le Bailli.

LE BAILLI.

Il prend la main, la baise.

ANNETTE.

Oui, Monsieur le Bailli.

LE BAILLI.

Cela vous rend bien aise ?

ANNETTE, *avec transport.*

Oui,
Monsieur le Bailli.

LE BAILLI.

Sans doute, il vous embrasse ?

ANNETTE.

Oh ! cent fois, mille fois
Dans un jour, &, si je l'en crois,
Ce n'est pas assez.

LE BAILLI.

Quelle audace !
Vous me faites pâlir d'effroi.
Comment, Annette ! il vous embrasse !

ANNETTE.

Eh ! pourquoi pas ? Je l'embrasse bien, moi.

LE BAILLI.

Que dites-vous ? Est-il possible ?
Vous l'embrassez !

ANNETTE.

De tout mon cœur.

LE BAILLI.

Ce que vous dites est terrible.

ANNETTE.

Cela ne me fait pas cependant de frayeur.

LE BAILLI.

Allons, avouez tout ; ayez-en le courage.
Qu'accordez-vous encor ?

ANNETTE.

Que peut-on davantage ?

LE BAILLI.

Rien.

ANNETTE.

Ne me trompez pas : j'aurois bien du chagrin
De refuser quelque chose à Lubin.
Lui rendre la pareille est un droit légitime.

LE BAILLI.

Et vous logez ensemble ?

ANNETTE.

Oui, sous le même toît.

LE BAILLI.

Mais jamais cela ne se voit.

ANNETTE.

Eh ! bien, venez chez nous, vous le verrez.

LE BAILLI.

Quel crime !

ANNETTE.

Qu'est-ce qu'un crime ?

LE BAILLI.

Eh ! vous le demandez !
Annette, hélas ! vous vous perdez.

AIR NOTÉ. N°. 8.

Si par les vents nos champs sont ravagés,
Si par les loups nos moutons sont mangés ;
Si le tonnerre tombe & consume nos granges,
Si la grêle détruit l'espoir de vos vendanges,
Nos habitans vous accuseront tous ;
Et s'ils meurent de soif, ils s'en prendront à vous.

ANNETTE.

Bon ! bon ! notre amitié ne fait mal à perſonne.

LE BAILLI.

Votre amitié ! c'eſt de l'amour.

ANNETTE.

O Ciel !

LE BAILLI.

Et cet amour eſt criminel ;
Mais n'appréhendez pas que je vous abandonne.
Pour réparer la faute, il n'eſt qu'un ſeul moyen ;
Annette, je vous aime bien.

ANNETTE.

Oh ! vous avez l'ame trop bonne ;
Car moi je ne vous aime pas.

LE BAILLI.

Épouſez-moi pour ſortir d'embarras ;
Votre conduite alors ne ſera plus ſuſpecte :
On vous reſpectera comme l'on me reſpecte.

ANNETTE.

On ne jaſera plus ſur moi ?

LE BAILLI.

Non, c'eſt un fait.

ANNETTE.

Quoi ! je verrai Lubin ſans que l'on en murmure ?

LE BAILLI.

Vous ne le verrez plus ; ce ſeroit une injure....

ANNETTE.

Oui-dà ! gardez votre ſecret.

LE BAILLI.

AIR NOTÉ. N°. 9.

Lubin a la préférence :
> Pourſuivez ,
> Et bravez
> Mon choix
> Et les loix ;
Le Ciel en prendra vengeance.
Que de maux pour vous je prévois !
> Peut-être ſerez-vous mere.
> Des enfans dans la miſere ,
> Comme vous , haïs ,
> Dans tout ce pays ,
Seront des objets de mépris.
Je vois de pauvres enfans ,
> Intéreſſans ,
> Fort innocens ,
Maudire & leur mere
> Et leur pere.

ANNETTE.

Ah ! Monſieur !...

LE BAILLI.

J'ai peur....

ANNETTE.

Mon cœur....

LE BAILLI.

Tranſi....

ANNETTE.

Saiſi....

LE BAILLI.

Tremblez....

ANNETTE.

Vous me troublez..

LE BAILLI, *à part, en s'en allant.*

Rendons compte au Seigneur de leur témérité :
Employons son autorité.

SCENE VI.

ANNETTE, *seule.*

JE suis confuse : ah ! que viens-je d'entendre ?
Aux maux qu'il m'a prédits, je ne peux rien com-
    prendre.

ARIETTE. *Prigioniera abandonnata.*

Pauvre Annette ! ah ! pauvre Annette !
    Quelle douleur secrette
    Me frappe & m'inquiette !
        Dans les larmes,
        Dans les allarmes
    Je vais donc passer mes jours !
    Le croirai-je ? Ah ! tendre mere !
    Des enfans dans la misere ;
        Cette image désespere :
    A qui donc avoir recours ?
Pauvre Annette ! ah ! pauvre Annette !
    Quelle douleur secrette

Me

Me frappe & m'inquiette !
Quelle atteinte !
Déjà la crainte
Fait couler mes pleurs.
Des enfans dans la misere !
Cette image désespere ;
Je cede à mes malheurs.

SCENE VII.

ANNETTE, LUBIN.

LUBIN.

ANNETTE, nos troupeaux ne sont point en danger :
Ne songeons plus.... mais qui peut t'affliger ?

ANNETTE.

Le Bailli sort d'ici ; je n'oserois te dire....

LUBIN.

Quoi donc ? quoi donc ?

ANNETTE.

Nous nous verrons maudire.

LUBIN.

Par qui ?

ANNETTE.

Par nos enfans.

LUBIN.

Mais nous n'en avons pas.

C

ANNETTE.

Le Bailli m'a prédit que je ferois la mere ;
Et c'eft toi qui feras le pere.

LUBIN.

Pere ! Mere ! c'eft drôle.... Eh ! bien, eft-ce le cas
De te chagriner de la forte ?

ANNETTE.

Comment fe pourroit-il ?

LUBIN.

Je n'en fçais rien... qu'importe ?
Nous aurons des enfans : tant mieux.
Ah ! qu'un petit Lubin rendroit mon cœur joyeux !
Il t'aimeroit comme je t'aime :
Tiens, ce feroit le tréfor à nous deux.
Si c'étoit une fille, eh bien ! c'eft tout de même ;
Douce & gentille comme toi,
C'eft encoré un tréfor à moi.

ANNETTE.

Mais, felon le Bailli, ces chers enfans peut-être
Ne voudront pas nous reconnoître.

LUBIN.

Il nous reconnoîtront, va ; ces pauvres enfans
Reffembleront à nous, feront d'honnêtes gens ;
Ils fuivront nos leçons. N'aimois-tu pas ta mere ?

ANNETTE.

Ah ! oui, Lubin.

LUBIN.

Et moi, comme j'aimois mon pere !

Ah ! que n'eſt-il encor ?

ANNETTE.

Comme on s'aimoit chez nous !

LUBIN.

Eſt-on de bonne race : il faut que l'on en tienne ;
Rien n'eſt plus naturel. Eh ! par la ventredienne,
Les moutons ne ſont pas des loups ;
Ce vilain Bailli t'en impoſe,

ANNETTE, *en ſanglotant.*

Il dit.... qu'on va nous faire affront ;
Il dit.... que nous ſerons la cauſe
Que, dans ce pays-ci, les vignes géleront.

LUBIN.

Nous ne gélerons pas, nous ; cela me conſole.

ANNETTE.

Si je l'en crois ſur ſa parole,
Il trouve affreux tout ce que nous diſons.
Lorſque nous cherchons à nous plaire,
Ce ſont des amitiés que nous comptons nous faire ;
Eh ! bien, tiens, c'eſt l'amour que tous deux nous
faiſons.

LUBIN.

L'amour ?

ANNETTE.

Va, laiſſe-moi : je ne ſuis plus tranquille ;
Nous nous aimons comme à la ville,
L'amour ſera notre tourment.
Je t'aime, & je voudrois t'en faire des reproches,

Je tremble dès que tu m'approches;
Je t'ai cru mon ami, tu n'es que mon amant.

ROMANCE.

AIR NOTÉ, N°. 10. *Il est donc vrai, Lucile.*

Jeune & novice encore,
J'aime de bonne foi;
Cet amour que j'ignore
Est venu malgré moi :
Je ne sçavois pas même
Son nom jusqu'à ce jour.
Hélas! dès que l'on aime,
On a donc de l'amour?

Ta voix seule me touche
Par un charme flatteur;
Chaque mot de ta bouche
Passe jusqu'à mon cœur.
Loin de toi, ta Bergere
N'auroit pas un beau jour.
Hélas! comment donc faire
Pour n'avoir point d'amour?

Des fleurs que tu me cueilles
Je me pare, au matin :
Le soir, tu les effeuilles
Pour parfumer mon sein.
Ton soin est de me plaire;
C'est le mien chaque jour.

Hélas ! comment donc faire
Pour n'avoir point d'amour ?

LUBIN.

Notre amitié, ma chere, eſt bonne :
Tenons-nous-y.

ANNETTE.

Mais en effet,
Lubin, quel mal avons-nous fait ?

LUBIN.

AIR NOTÉ. N°. II.

Le cœur de mon Annette,
Et le mien ne font qu'un ;
Moutons, chien & houlette,
Chez nous tout eſt commun.

ANNETTE.

Eh ! mais, oui-dà ;
Comment peut-on trouver du mal à ça ?

ENSEMBLE.

Oh ! nenni dà ;
Comment peut-on trouver du mal à ça ?

LUBIN.

Tes levres demi-cloſes
Reſpirent un air frais :
Croyant ſentir les roſes,
Je m'approche tout près.
Eh ! mais, &c.

Une abeille farouche,

Un jour, piqua ta main.

ANNETTE.

Un baiser de ta bouche
En fut le Médecin.
   Eh ! mais, &c.

LUBIN.

Tu te sens à la gêne,
Le soir, dans ton corset ;
Moi, te voyant en peine,
Je défais ton lacet.
   Eh ! mais, &c.

Quelquefois tu sommeilles
Doucement dans mes bras.

ANNETTE.

Quelquefois tu m'éveilles :
Mais je ne m'en plains pas.
   Eh ! mais, &c.

LUBIN.

Souvent sous cette treille
Mon Annette s'endort,
Et ma voix la réveille.

ANNETTE.

Je m'en plaindrois à tort.
   Eh ! mais, &c.

LUBIN.

Quand la chaleur ardente,
L'Été, se fait sentir ;

Doucement je t'évente.

ANNETTE.

C'eſt pour me rafraîchir.

Eh ! mais, &c.

LUBIN.

J'allume des bourées,

Quand viennent les grands froids.

De mes mains réchauffées

Je réchauffe tes doigts.

Eh ! mais, &c.

En courant ſur l'herbette,

Tu caſſas ton lacet.

ANNETTE.

Tu donnas ta roſette

Pour ſerrer mon corſet.

Eh ! mais, &c.

ENSEMBLE.

Oh ! nenni dà, &c.

ANNETTE.

Mais voilà tout pourtant : il dit que c'eſt un crime.

Eſt-il donc vrai, Lubin ?

LUBIN.

Ceſſe de t'allarmer :

C'eſt un mal de haïr : c'eſt un bien que d'aimer.

ANNETTE.

Pour rendre l'amour légitime,

Il faut qu'on ſe marie.

C iv

LUBIN.

Eh ! bien :
Marions-nous.

ANNETTE.

Comment faut-il s'y prendre ?

LUBIN.

Comment ? Ma foi, je n'en ſçais rien :
Le Bailli pourra nous l'apprendre.

ANNETTE.

N'y compte pas : c'eſt lui qui prétend m'épouſer.

LUBIN.

C'eſt donc pour lui qu'il oſe propoſer....

ANNETTE.

Le voilà : je ſuis toute en tranſe.

LUBIN.

A ſon aſpect, je me ſens en fureur ;
Et je vais lui parler....

ANNETTE.

Oui, mais avec douceur ;
Je l'exige de toi.

LUBIN.

Soit.

ANNETTE.

Je ſuis ſa préſence.
(*Elle rentre dans la cabane.*)

SCENE VIII.

LE BAILLI, LUBIN, ANNETTE
dans la cabane.

LUBIN.

Hola ! eh ! Monfieur le Bailli ;
C'eſt donc vous , c'eſt donc vous qui chagrinez
      Annette ,
Et qui lui défendez de m'aimer !

LE BAILLI.

                  Eſt-ce ainſi
Que tu m'oſes parler ?

LUBIN.

           Annette s'inquiette ,
  (*Il regarde Annette , qui lui fait ſigne de*
    ne point ſe fâcher.)
Elle pleure.... morgué !... ſi je n'étois poli,

LE BAILLI.

Tu perds cette jeune innocente.

LUBIN,

Moi, je la perds ! oh ! que nenni,
Je ſçaurai la trouver.

LE BAILLI, *à part.*

        Je crois qu'il me plaiſante.
(*Haut.*)
Malheureux !

LUBIN.

Malheureux vous-même ! vraiment oui.

LE BAILLI.

A ı r : *Tout de fil en aiguille.*

Ton amour te prépare
Le plus funeſte ſort :
Tous deux il vous égare,
Il faut qu'on vous ſépare.

LUBIN.

Seroit-on ſi barbare ?
J'aimerois mieux la mort :
D'Annette je m'empare.

LE BAILLI.

Tu dois rougir....

LUBIN.

Tarare !
L'innocence la pare.

LE BAILLI.

Tu ravis ce tréſor,
Méchant ! & dans un temps encor
Où l'honneur eſt ſi rare !

LUBIN.

Si j'ai fait quelque tort, je peux le réparer ;
Mariez-nous ſans différer.

LE BAILLI.

Vous marier ! eh ! que pourriez-vous faire ?
Vous êtes pauvres tous les deux,
Vous rendriez vos enfans malheureux.

LUBIN.

Eh ! morgué, la Nature eſt une bonne mere :
Nous avons tous part à ſes ſoins.
Quand on ſçait travailler, on craint peu la miſere.
C'eſt dans le ſuperflu qu'on trouve les beſoins.
Mes enfans, après tout, feront comme leur pere.
Regardez-moi, n'ai-je pas profité ?
Et ne poſſédant rien, j'ai l'ame ſatisfaite :
J'ai du plaiſir, de la ſanté,
Point d'ambition ; j'aime Annette,
J'en ſuis aimé : voilà le principal.

LE BAILLI.

Mais vous vivez ſans loix.

LUBIN.

Tant mieux.

LE BAILLI.

Voilà le mal.

LUBIN.

Voilà le bien.

LE BAILLI.

Les loix vous contrarient.

LUBIN.

Toujours des obſtacles nouveaux !
Je me moque de tout. Eh ! morgué, les oiſeaux
N'ont point de loix, & ſe marient.

LE BAILLI.

Ah ! le hardi petit coquin !

LUBIN.

Le mauvais cœur, qui veut que j'abandonne
Ce que j'ai de plus cher !

LE BAILLI.

Comment donc ! il raisonne !

LUBIN.

Par la jarni.....

LE BAILLI.

Ne fais pas le mutin.
Le Seigneur va venir, attends.

LUBIN.

Eh ! bien ; qu'il vienne.
Je ne crains rien : morgué, si je sçavois
Comment on se marie... Oh ! qu'à cela ne tienne...
Je vivrai comme je vivois.

LE BAILLI.

Je t'empêcherai bien....

LUBIN.

L'abominable homm..!
Voulez-vous nous marier ?

LE BAILLI.

Non.

LUBIN.

Non.

LE BAILLI.

Non.

LUBIN.

Il faut que je l'assomme
Pour lui faire entendre raison.

TRIO : *De M. Blaise.*

LUBIN.

Ne m'échauffez pas davantage.

LE BAILLI.
Ne raisonne pas davantage.

LUBIN.
Je me sens là, là, là, là,
Certaine rage.

LE BAILLI.
La, la, la;
Point de tapage;
Car si.....

LUBIN.
Jarni....

LE BAILLI.
Quoi!...

LUBIN.
Moi....

LE BAILLI.
Viens.

LUBIN.
Tiens.

ANNETTE.
Paix.

LUBIN.
Mais.....

LE BAILLI.
Car si....

LUBIN.
Jarni.....

ENSEMBLE.

L U B I N.	Ne m'échauffez pas davantage.
Le Bailli.	Ne raisonne pas davantage.
Annette.	Lubin, Lubin, tu n'es pas sage.
L U B I N.	Je sens là, là,
	Certaine rage.
Le Bailli.	La, la, la, la,
	Point de tapage.
Annette.	Ah! ah! ah!
	Je perds courage.

(Annette, appercevant le Seigneur, rentre dans le fond de la cabane & disparoît.

S C E N E   IX.

LE SEIGNEUR, LE BAILLI, LUBIN.

LE SEIGNEUR.

Qu'est-ce donc ? Vous voilà tous deux bien en colere !

LUBIN.

Ah! pardon, Monseigneur, vous jugerez l'affaire.

LE BAILLI.

Monseigneur....

LE SEIGNEUR.

Permettez qu'il conte ses raisons :
Lubin, voyons ce qui t'agite.

LUBIN.

Monseigneur, j'aime Annette ; il veut que je la
    quitte.
  J'aimerois mieux mourir dans les prisons :
  Pour nous le Monde en seroit une ,
    Si l'on nous séparoit tous deux :
    Nous ne demandons , pour fortune ,
Que la permission d'être toujours heureux.

LE SEIGNEUR.

Monsieur Lubin , il faut l'être avec bienséance :
    Mon devoir est de réprimer
    Les désordres & la licence.

LUBIN.

    Est-ce un désordre de s'aimer ?
Eh ! qui donc aimera ma petite cousine ,
    Si ce n'est moi ? Sa mere me l'a dit.
    Et ce radoteur nous prescrit
De ne nous regarder qu'en nous faisant la mine ;
    Il trouve bien mieux son profit
  Entre parens qu'il brouille & qu'il ruine.
    Monseigneur , est-il beaucoup mieux ,
    Est-il plus dans la bienséance
    De se manger le blanc des yeux ,
Que de loger ensemble , & s'occuper tous deux
    A vivre en bonne intelligence ?
  Je m'en rapporte à vous , mon bon Seigneur ;
A vous , auprès de qui toujours l'équité veille.
Vous n'êtes jamais fier , vous avez un bon cœur ,
Vous ne faites le mal que lorsqu'on vous conseille.

Votre bonté nous prévient tous,
Vous secourez le misérable.
Quand le Bailli nous donne au Diable,
Nous nous recommandons à vous.

LE SEIGNEUR, *souriant.*

Je voudrois de bon cœur vous être favorable :
Mais la loi vous condamne.

LE BAILLI.

Oui, Monseigneur dit bien.
On ne peut entre vous former aucun lien.
Les enfans qui te devroient l'être,
Te renieroient pour pere….

LUBIN.

Oh! je n'en ai point peur.
Les vôtres vous ont bien reconnu pour le leur.
Viens, viens, ma chere Annette : hâte-toi de pa-
roître :
Tu sçauras mieux que moi fléchir un si bon maître.

SCENE

SCENE X.

Les Acteurs précédens, ANNETTE.

ANNETTE, *approche lentement, la tête baissée.*

AIR.

LAISSE-MOI.

LUBIN.

Mais pourquoi ?

ANNETTE.

Non, non.

LUBIN.

Ma petite, que crains-tu donc ?
Monseigneur est sensible & bon.
Il t'aimera,
Nous mariera.

ANNETTE.

Oui-dà !

LE SEIGNEUR.

Romance de Marmontel.

Sa figure est très-heureuse,
Son air est de bonne foi.

LUBIN.

Suite de la Romance.

Viens ; son ame est généreuse :
Ne sois donc pas si honteuse.

D

Annette, redreſſe-toi.

LE SEIGNEUR.

Ne craignez rien, ma belle enfant.
Parlez-moi vrai.

ANNETTE.

Parle-t-on autrement ?

Air noté N°. 12. *Dans ma cabane obſcure.*

Monſeigneur, Lubin m'aime,
Sauf votre bon plaiſir ;
Moi, je l'aime de même ;
Il fait tout mon deſir.
Enſemble, dès l'enfance,
Nous étions de loiſir ;
Nous fîmes connoiſſance,
Sauf votre bon plaiſir.

J'avois perdu ma mere,
Je me ſens attendrir ;
Lubin perdit ſon pere,
Je l'entendois gémir :
Nous voilà ſans famille ;
Hélas ! que devenir ?
Moi ſur-tout, pauvre fille !
Sauf votre bon plaiſir.

Le beſoin, l'habitude
Parvint à nous unir ;
Et notre unique étude
Fut de nous ſecourir.
Quel ſort étoit le nôtre !

Nous sçumes l'adoucir :
Nous nous aidons l'un l'autre,
Sauf votre bon plaisir.

LE BAILLI.

La terre, sous vos pas, ne s'est pas entr'ouverte !

ANNETTE.

Au contraire, les fleurs sembloient se caresser.

LE BAILLI.

Le soleil à l'instant auroit dû s'éclipser :
Malheureux ! vous courez tous deux à votre perte.

DUO NOTÉ Nº. 13.

ANNETTE & LUBIN.

Lorsqu'Annette est avec Lubin,
Il fait le plus beau temps du monde.
Je vois toujours le Ciel serein,
Et je n'entends jamais le tonnerre qui gronde.
Lorsqu'Annette est avec Lubin,
Il fait le plus beau temps du monde.

LE SEIGNEUR, *s'enflammant pour Annette.*
Quelle ingénuité ! je la trouve charmante ;
En honneur, elle est ravissante.

LUBIN.

AIR : *Dodo, l'enfant dormira tantôt.*
Monseigneur, vous ne voyez rien :
Quand elle est en habit de fête,
Oh ! c'est une grace, un maintien
Qui vous feroit tourner la tête.
De même en simple négligé,

D ij

Si vous fçaviez.... quel plaifir j'ai !

LE SEIGNEUR, *avec une efpece de tranfport.*

Qu'elle eft, qu'elle eft bien !

LUBIN.

Monfeigneur, vous ne voyez rien.

(*Lubin préfente Annette au Seigneur,*
& lui fait faire la révérence.)

LE BAILLI.

Ah ! le pendard !

LE SEIGNEUR.

Modérez votre bile.

LUBIN.

Tous fes ajuftemens font trop épais, trop forts ;
Je veux la faire habiller à la ville ;
Les habits qu'on lui fait l'étouffent dans fon corps.

LE SEIGNEUR.

Je m'en chargerai, moi : Lubin, je te protége ;
Que l'on mene Annette au Château.

LUBIN.

Qu'on emmene Annette !

LE BAILLI, *à Lubin.*

Tout beau !

(*Au Seigneur.*)

Oui, Monfeigneur, ufez de votre privilége.

LUBIN.

Monfeigneur !...

ANNETTE.

Ah ! Lubin !

LE SEIGNEUR.

Je fais tout pour le mieux.
Tu peux lui faire tes adieux.
C'en est assez : finissons, qu'on l'emmene.

ANNETTE.

Lubin, Lubin !

LUBIN.

Annette, ah ! quelle peine !

(Les gens du Seigneur enlevent Annette.

SCENE XI.

LE SEIGNEUR, LE BAILLI, LUBIN.

LUBIN.

Qu'on m'enferme avec elle.

LE BAILLI.

Arrête !

LE SEIGNEUR.

Calme-toi.

LE BAILLI.

Monsieur Lubin, point de colere.

LE SEIGNEUR.

J'aurai soin de ton sort.

LUBIN

J'en rage, jarnigoi !

D iij

Voyons ce qu'il me reſte à faire.

(*Il arrache un bâton de la cabane, & court après*
Annette en prenant garde d'être apperçu du
Seigneur.)

SCENE XII.

LE SEIGNEUR, LE BAILLI.

LE BAILLI.

COMME il eſt inſolent ! l'exemple eſt dangereux.
Loger enſemble, eſt un déſordre affreux ;
C'eſt une choſe épouvantable.

LE SEIGNEUR, *à part.*

Je ſerois comme lui, peut-être auſſi coupable.

LE BAILLI.

Je ſuis de ce canton l'Officier principal,
Le Bailli, l'Avocat, le Procureur Fiſcal,
Et le Juge municipal,
De plus, Greffier de votre Tribunal ;
Comme Greffier, je me ſaiſis d'Annette :
C'eſt une preuve du délit.
Que Monſeigneur me la remette.
Je la confiſque à mon profit.

LE SEIGNEUR.

Vous allez ſur mes droits.

LE BAILLI, *faiſant des révérences.*

Ah ! Monſeigneur, ſi j'oſe...

LE SEIGNEUR.

Eh bien ?

LE BAILLI.

Je dois vous dire encor...

LE SEIGNEUR.

Plaît-il ?

LE BAILLI.

Pardon, fi je propofe...

LE SEIGNEUR.

Parlez.

LE BAILLI.

Annette eft un tréfor.

LE SEIGNEUR.

Je le fçais.

LE BAILLI.

Je voudrois en faire....

LE SEIGNEUR.

Quoi ?

LE BAILLI.

Ma femme

LE SEIGNEUR.

Vous !

LE BAILLI.

Oui ; pour le bien de mon ame
Je ne me fuis encor marié que trois fois,
Et je veux effayer d'un quatrième choix.

LE SEIGNEUR.

Mais elle aime Lubin.

D iv

LE BAILLI.

Ce n'eſt point une affaire :
Tout le-paſſé ne m'inquiette pas ;
A l'uſage du ſiécle un mari doit ſe faire,
Nous voyons tous les jours dès gens moins délicats.

AIR : *De M. Sodi*, ou l'Air : *Que ne ſuis-je*
la fougère ?

Mes trois femmes étoient veuves,
Lorſque je les épouſai :
De tenter d'autres épreuves
Toujours je me propoſai ;
Mais ici, comme à la ville,
Où trouver un cœur tout neuf ?
Si j'étois ſi difficile,
Je reſteroís long-temps veuf.

LE SEIGNEUR.

Ah ! oui-dà ! votre zéle eſt pur & reſpectable !
Je vois à préſent ce que c'eſt :
Le crime de Lubin, c'eſt qu'Annette eſt aimable.
Nous ne jugeons de tout que par notre intérêt.

SCENE XIII.

LE BAILLI, LE SEIGNEUR, UN DOMESTIQUE.

LE DOMESTIQUE.

AIR : *La petite Poste de Paris.*

AH ! Monseigneur, ah ! Monseigneur,
Tout est chez vous dans la rumeur.
Il faut qu'on sonne le tocsin,
Et sur Annette & sur Lubin :
Il faut écrire en tout pays,
Par la p'tit' Poste de Paris.

Lubin d'un saut franchit le mur,
Tombe sur nous, frappe à coup sûr :
Deux de vos gens sont édentés,
Trois de vos chiens sont éreintés,
Votre Suisse a le nez cassé,
Et moi le dos tout fracassé.

LE SEIGNEUR.

Comment ! avec Lubin, Annette a pris la fuite !

LE DOMESTIQUE.

Oui, Monseigneur.

LE BAILLI.

Quel attentat nouveau !

LE SEIGNEUR.

Je vais donner mes ordres au Château.
Bailli, vous & mes gens, mettez-vous à leur suite.

SCENE XIV.

LE BAILLI, *seul.*

AU diable ! si j'y vais.: ce drôle est trop hardi ;
Il vient, décampons au plus vîte.
Il se feroit un jeu d'assommer un Bailli.

SCENE XV.

ANNETTE ET LUBIN.

LUBIN, *tenant Annette d'une main, & de l'autre
jouant du bâton à deux bouts.*

ARIETTE, NOTÉE. N°. 14.

NON, non, je ne crains personne ;
Je t'environne,
Aucun danger ne m'étonne ;
Sur moi que le Ciel tonne...
Moi, que je t'abandonne !
Si quelqu'un me raisonne,
Je l'étends mort.

Mon sang bouillonne :
L'amour, l'amour me rend fort.
Non, non, je ne crains personne,
Nul danger ne m'étonne.
Sur moi que le Ciel tonne...
Ma force t'environne :
L'amour, l'amour me rend fort.
Moi, que je t'abandonne !
Non, tout mon sang bouillonne.
Je ne crains personne,
Et j'étends mort
Qui me raisonne.
L'amour, l'amour me rend fort.

SCENE XVI. ET DERNIERE.

Les Acteurs précédens, LES GENS DU SEIGNEUR, PAYSANS ET PAYSANNES.

LE SEIGNEUR.

ARRÊTE !

LUBIN, *laissant tomber son bâton.*

Ah ! Monseigneur, votre seule présence
Rappelle mon devoir & mon obéissance.
Ah ! disposez, disposez de mon sort :
J'attends de vous ou la vie, ou la mort.

 # ANNETTE ET LUBIN,

ANNETTE.

AIR NOTÉ. N°. 15. *Vous Amans que j'intéreſſe.*

Monſeigneur, voyez mes larmes ;
Je ſuccombe à mes allarmes.
Monſeigneur, voyez mes larmes,
   Ah ! laiſſez-vous attendrir.
A ſes yeux ſi j'ai des charmes,
   Eſt-ce lui qu'il faut punir ?

Annette aima la première.

LUBIN.

Non, c'eſt moi, c'eſt moi, ma chere.

ANNETTE.

Je voulois en tout lui plaire ;
   Et mon cœur cherchoit le ſien.

LUBIN.

Non, non, ma Bergere ;
   Ton cœur fut le prix du mien.

ENSEMBLE.

ANNETTE.	LUBIN.
Monſeigneur, voyez mes larmes ;	Monſeigneur, voyez ſes larmes ;
Je ſucccombe à mes al-larmes.	Mettez fin à ſes allar-mes.
Monſeigneur, voyez mes larmes ;	Monſeigneur, voyez ſes larmes ;
Ah ! laiſſez-vous at-tendrir.	Ah ! laiſſez-vous at-tendrir.

<table>
<tr><td>ANNETTE.</td><td>LUBIN.</td></tr>
<tr><td>A ſes yeux ſi j'ai des charmes,
Eſt-ce lui qu'il faut punir ?</td><td>Si Lubin céde à ſes charmes,
C'eſt lui ſeul qu'il faut punir.</td></tr>
</table>

ANNETTE.

Que ta peine me chagrine !

LUBIN, au Seigneur.

Mais Annette eſt ma couſine.

Cet enfant, cette orpheline

Doit-elle être à l'abandon ?

Non, non.

ENSEMBLE.

Monſeigneur, &c. | Monſeigneur, &c.

LUBIN.

Ce ne ſont point mes jours que je regrette :

Mais, Monſeigneur, prenez pitié d'Annette,

Elle mourra par amitié pour moi.

Votre Bailli la déſeſpere.

Et dit, je ne ſçais pas pourquoi,

Qu'elle aura des enfans dont je ferai le pere,

Et qu'ils reprocheront leur naiſſance à nous deux.

ANNETTE.

Hélas ! ils viendront donc, ces enfans malheu-
reux,

Reprocher leurs jours à leur mere,

Quand je n'y ſerai plus. De mes chagrins cuiſans

Je me conſolerai, s'ils ont la ſubſiſtance.

Je mourrois volontiers, quand ces pauvres enfans

N'auroient plus befoin d'affiftance.

LE BAILLI, *au Seigneur.*

Mais impofez-leur donc filence.

LE SEIGNEUR, *à part.*

Avec trouble je les entends.

LUBIN.

Je conviens de mon tort : mais, je vous le répete,
　　Monfeigneur, prenez foin d'Annette ;
S'il faut me féparer d'Annette abfolument,
Recevez-moi foldat dans votre Régiment.
Pour vous, avec plaifir, j'expoferai ma vie ;
Je ne veux rien de plus : Annette m'eft ravie !
　　Quand il falloit applanir des chemins,
　　　Piocher, bêcher, & faire des levées,
　　　　Enclorre vos Parcs, vos Jardins,
On me voyoit toujours le premier aux corvées :
C'étoit par amitié plutôt que par devoir.
　　　Je ne veux pas m'en prévaloir :
Mais à votre bonté fi j'ai droit de prétendre,
　　　Qu'Annette feule en foit l'objet,
Et j'en fentirai mieux le prix de ce bienfait.
　　　Ah ! Monfeigneur, daignez m'entendre ;
　　　Quand vous voyez des malheureux,
　　　Vous vous intéreffez pour eux :
Vous dites à part vous : ils font ce que nous fommes.
　　　Oui, ces pauvres gens font des hommes.

LE SEIGNEUR, *avec une vivacité qui tient*
du dépit.

Leve-toi, Lubin, leve-toi.

(*A part.*)
Il m'attendriroit malgré moi.
(*Haut.*)
Bailli, notez ce que j'ordonne.

LE BAILLI.
Oui, Monseigneur.

ANNETTE.
Ah ! je frissonne !

LUBIN.
Annette, me voilà perdu !

LE BAILLI.
Tu vas être puni ; je m'y suis attendu.

LE SEIGNEUR.
Notez bien... (1) que je leur pardonne.
Hélas ! pourquoi les désunir ?
Vous pourrez vous aimer sans crime.
Oui, mes enfans, vous allez obtenir
Ce qui rendra votre amour légitime.

LUBIN & ANNETTE.
Ah ! Monseigneur !

ANNETTE.
Si mon cœur...

LUBIN.
Si nos vœux...

LE SEIGNEUR.
Laissez-moi, laissez-moi ; votre reconnoissance,

____

(1) Le Seigneur regarde Annette & Lubin , & s'attendrit
pour eux.

Si j'ai fait envers vous un acte généreux,
    M'en ôteroit la récompense.
    Celui qui donne est plus heureux
Que celui qui reçoit.

      ANNETTE, *attendrie.*
        Je sens couler mes larmes.

      LUBIN.
Le bon Seigneur !
      LE BAILLI.
J'enrage.

LE SEIGNEUR, *à part, regardant Annette.*
      Ah ! qu'Annette a de charmes !
Allons, embrassez-vous : j'aurai soin de vous deux.
    Du vrai bonheur voilà l'image.
Ils jouissent de tout, en vivant simplement :
    Sous les humbles toîts du village
Regnent l'amour naïf & le pur sentiment.
      (*On danse.*)

DIVERTISSEMENT.

DIVERTISSEMENT.

VAUDEVILLE.

AIR NOTÉ. N°. 16.

LE SEIGNEUR.

QUe tout le Hameau s'apprête
À célébrer ce grand jour :
Vous qu'intéreffe l'amour,
Prenez tous part à la Fête.
Annette & Lubin vont voir combler leur defir ;
Leur ardeur fidelle
Eft notre modele.
Annette & Lubin vont voir combler leur defir ;
Le bonheur va les unir.

Jeunes cœurs qu'Amour appelle,
Imitez ces deux Amans :
Comme lui foyez conftans,
Soyez auffi tendres qu'elle.

Annette, &c.

L'éclat, la magnificence,
Ne fatisfont point un cœur :

E

Cherchez-vous le vrai bonheur ?
Il n'eſt que dans l'innocence.
Annette, &c.

Dans les nœuds du mariage,
Pour vivre toujours heureux,
Hors l'Amour avec vous deux,
Point de tiers dans le ménage.
Annette, &c.

LUBIN.

Belles qui, par l'impoſture,
Croyez orner vos attraits ;
Voyez ce teint vif & frais,
Votre art vaut-il la nature ?
Annette, &c.

ANNETTE.

L'eſprit & le beau langage
Rendent mal le ſentiment :
Un regard de mon amant
Exprime bien davantage.
Annette & Lubin vont voir combler leur deſir :
Leur ardeur fidelle
Eſt notre modele.
Annette & Lubin vont voir combler leur deſir ;
Le bonheur va les unir.

(On danse.)

*(Les filles du village donnent des rubans à Lubin ;
les garçons un bouquet à Annette.)*

RONDE.

AIR NOTÉ. N°. 17.

LE SEIGNEUR.

Lubin aime sa Bergere ;
L'amour seul borne leurs vœux.
Sur un trône de fougere,
Le bonheur est avec eux.
Des grandeurs ils sont au faîte,
Dans leurs innocens ébats.
    Ah !
Il n'est point de Fête,
Quand le cœur n'en est pas.

LE BAILLI.

En dépit de ma tendresse,
A jamais ils s'aimeront ;
Ces plaisirs, cette allégresse
Pour mes feux font un affront.
Lubin ravit ma conquête :
Je la verrois dans ses bras !
    Ah ! &c.

(Il sort.)

LUBIN.

Par une vaine apparence,
L'on sçait plaire rarement.
Les trésors de l'opulence
Valent moins qu'un sentiment.
Est-ce aux dehors qu'on s'arrête ?

E ij

Non : c'eſt du cœur qu'on fait cas.
Ah ! &c.

LE DOMESTIQUE *du Seigneur.*

Un Traitant donne à Colette
Et de l'or & des rubis.
Colin n'a qu'une fleurette ;
Mais l'Amour y met le prix.
La plus brillante conquête
Pour Colette a moins d'appas.
Ah ! &c.

ARLEQUIN ET LE CARILLONNEUR (1).

Mes enfans, bon jour, bonne œuvre ;
Vous voilà tous deux époux.
Je vous donne ce chef-d'œuvre,
C'eſt un meuble fait pour vous.
L'Amour, d'un air de conquête,
Sourit en diſant tout bas :
Ah !
Il n'eſt point de fête,
Quand l'berceau n'en eſt pas.

De Plutus un vieux Satrape
A Colette donne un Bal ;
En ſecret elle s'échappe,

---

(1) Le Bedeau & le Carillonneur apportent, en grande cérémonie, un berceau d'oſier enjolivé de fleurs, qu'ils préſentent à Annette & à Lubin.

Quand Lucas fait un signal.
Tous deux s'en vont tête-à-tête,
Sautant & chantant tout bas :
   Ah ! &c.

LUBIN, *au Public.*

Lubin à son mariage,
Vous invite sans façon.

ANNETTE.

Venez voir notre ménage
Comme amis de la maison.
Pour nous quel bonheur s'apprête,
Si de nous vous faites cas !
   Ah !
Il n'est point de fête,
Quand vous n'en êtes pas.

F I N.

APPROBATION.

J'Ai lû par ordre de Monseigneur le Lieutenant Général de Police, *Annette & Lubin, Comédie*, & je crois que cette Piece délicatement écrite fera plaisir au Lecteur. A Paris, ce 12 Février 1762.

MARIN.

PRIVILÉGE DU ROI.

LOUIS, par la Grace de Dieu, Roi de France & de Navarre : à nos amés & féaux Conseillers, les Gens tenans nos Cours de Parlement, Maîtres des Requêtes ordinaires de notre Hôtel, Grand-Conseil, Prévôt de Paris, Baillifs, Sénéchaux, leurs Lieutenans Civils & autres nos Justiciers qu'il appartiendra : SALUT. Notre amé le Sieur FAVART, Nous a fait exposer qu'il desireroit faire imprimer, réimprimer & donner au Public, *les Œuvres de sa Composition*, s'il Nous plaisoit lui accorder nos Lettres de Privilége pour ce nécessaires. A CES CAUSES, voulant favorablement traiter l'Exposant, Nous lui avons permis & permettons par ces Présentes, de faire imprimer & réimprimer lesdites Œuvres autant de fois que bon lui semblera ; & de les vendre, faire vendre & débiter par tout notre Royaume pendant le temps de *quinze années* consécutives, à compter du jour de la date des Présentes. FAISONS défenses à tous Imprimeurs, Libraires, & autres personnes, de quelque qualité & condition qu'elles soient, d'en introduire d'impression ou de réimpression étrangere dans aucun lieu de notre obéissance, comme aussi d'imprimer ou réimprimer, faire imprimer ou réimprimer, vendre & débiter lesdites Œuvres, ni d'en faire aucuns extraits, sous quelque prétexte que ce puisse être, sans la permission expresse & par écrit dudit Exposant, ou de ceux qui auront droit de lui, à peine de confiscation des Exemplaires contrefaits, de trois mille livres d'amende contre chacun des contrevenans, dont un tiers à Nous, un tiers à l'Hôtel-Dieu de Paris, l'autre tiers audit Exposant, ou à celui qui aura droit de lui, & de tous dépens, dommages & intérêts : A LA CHARGE que ces Présentes feront enregistrées tout au long sur le Registre de la Communauté des Imprimeurs & Libraires de Paris, dans trois mois de la date d'icelles ; que l'impression & réimpression desdites Œuvres sera faite dans notre Royaume & non ailleurs, en bon papier & beaux caracteres, conformément à la feuille imprimée, attachée pour modele sous le contre-scel des Présentes ; que l'Impétrant se conformera en tout aux Réglemens de la Librairie, & notamment à celui du dix Avril mil sept cent vingt-cinq ; & qu'avant de les exposer en vente, les Manuscrits ou Imprimés qui auront servi de copie à l'impression & réimpression desdites Œuvres, feront remis dans le même état où l'Approbation y aura été donnée, ès mains de notre très-cher & féal Chevalier, Chancelier de France, le Sieur DE LAMOIGNON, & qu'il en fera ensuite remis deux Exemplaires de chacun dans notre Bibliotheque publique, un dans celle de notre Château du Louvre, un dans celle de notre très-cher & féal Chevalier, Chancelier de France, le Sieur DE LAMOIGNON ; le tout à peine de nullité des Présentes ; DU CONTENU desquelles vous mandons & enjoignons de faire jouir ledit Exposant ou ses ayans cause, pleinement & paisiblement, sans souffrir qu'il leur soit fait aucun trouble ni empêchement. VOULONS que la copie des Présentes qui sera imprimée tout au long, au commencement ou à la fin desdites Œuvres, soit tenue pour dûement signifiée, & qu'aux copies collationnées par l'un de nos amés & féaux Conseillers & Sécretaires, foi soit ajoutée comme à l'original. COMMANDONS au premier notre Huissier ou Sergent sur ce requis, de faire pour l'exécution d'icelles, tous actes requis & nécessaires, sans demander autre permission, & nonobstant clameur de Haro, Charte Normande & Lettres à ce contraires. CAR tel est notre plaisir. DONNÉ à Versailles le vingt-septiéme jour du mois d'Avril, l'an de grace mil sept cent cinquante-neuf, & de notre Regne le quarante-quatriéme. Par le Roi en son Conseil.

LE BEGUE.

Regiſtré ſur le Regiſtre de la Chambre Royale & Syndicale des Libraires de Paris. N°. 521. fol. 356, conformément au Réglement de 1723, qui fait défenſes, Art. 41, à toutes perſonnes de quelque qualité & condition qu'elles ſoient, autres que les Libraires & Imprimeurs, de vendre, débiter, faire afficher aucuns Livres pour les vendre en leurs noms, ſoit qu'ils s'en diſent les Auteurs ou autrement, & à la charge de fournir à la ſuſdite Chambre neuf Exemplaires preſcrits par l'Art. 108. du même Réglement. A Paris ce 16 Mai 1759.

G. SAUGRAIN, Syndic.

J'ai cédé mon préſent Privilége à M. DUCHESNE, Libraire à Paris, pour qu'il en jouiſſe, lui & les ſiens, comme d'une choſe à lui appartenante, ſuivant l'accord fait entre nous. A Paris, ce jourd'hui 12 Octobre 1759.

FAVART.

De l'Imprimerie de la Veuve SIMON, Imprimeur de la Reine & de l'Archevêché, rue des Mathurins, 1768.

www.ingramcontent.com/pod-product-compliance
Ingram Content Group UK Ltd.
Pitfield, Milton Keynes, MK11 3LW, UK
UKHW020002080726
13614UKWH00003B/1246